AF329334

V 853
c

6391

AU ROI.

IRE,

Le Chevalier de Causans, ci-devant Colonel du Régiment de Conty, Infanterie,

Remontre très-humblement à VOTRE MAJESTÉ, que si l'erreur pouvoit prévaloir sur la vérité évidente & manifeste, il n'y auroit plus ni principe, ni société parmi les hommes.

A

Le Suppliant fe trouve forcé de porter fes plaintes aux pieds du Thrône contre l'Académie Royale des Sciences, que Louis XIV. a inftituée, & que VOTRE MAJESTE´ protége, quels titres plus glorieux peuvent illuftrer les Juges des Sciences & des Arts, & les contenir dans les bornes de l'équité & de la juftice ! Cependant, S I R E, le Suppliant, pour défendre fon honneur, fe trouve obligé de dire que cette Compagnie s'eft écartée en cette occafion de ce qu'elle devoit à la vérité, au public, & à fon principal devoir, comme il fera aifé de le démontrer.

Ce ne fut que par une complaifance forcée que l'Académie voulut bien admettre le Suppliant en 1755. à démontrer devant elle fa Propofition fur la Quadrature du Cercle. L'importance de cette vérité, par les grands avantages qu'elle procureroit, fembloit devoir exciter la curiofité, pour une découverte qui avoit réfifté à la recherche de tous les Géométres du Monde.

Son Mémoire remis au Secrétaire de l'Académie, on lui promit, felon l'ufage, des Commiffaires à la prochaine Affemblée, & le Sr Bouguer, alors Directeur, lui dit d'envoyer le même jour pour en avoir les noms, avec promeffe qu'il pourroit conférer avec eux. Dans cette confiance le Suppliant attendoit tranquillement les noms des Commiffaires auxquels l'Académie fubftitua le Certificat qui fuit :

Extrait des Regiftres de l'Académie Royale des Sciences du 16. Mai 1755.

M. le Chevalier de Caufans ayant lu mercredi dernier 14. Mai 1755. à l'Académie un Mémoire manuf-

crit de fa compofition fur la Quadrature du Cercle , &
l'Académie ayant fait aujourd'hui vendredi 16. du même
mois , une feconde lecture de cet Ecrit, la Compagnie
y a remarqué plufieurs Propofitions manifeftement fauf-
fes , d'autres inintelligibles , & un abus très-fréquent des
termes ; elle a jugé que le rapport de 12 & demi à 16 ,
donné par l'Auteur pour le rapport exact du Cercle au
Quarré circonfcrit , non-feulement n'eft pas exact, mais
qu'il eft beaucoup moins approchant qu'un grand nom-
bre d'autres rapports connus, qui ne font eux-mêmes que
des approximations ; & qu'enfin M. le Chevalier de Caufans n'a point réfolu le Problême de la Quadrature du
Cercle. En foi de quoi j'ai figné le préfent Certificat. A
Paris , ce 16. Mai 1755. *Signé* GRANDJEAN DE
FOUCHY , *Secrétaire perpétuel de l'Académie Royale des*
Sciences.

Ce Jugement fi précipitamment rendu , fans l'avis des
Commiffaires que l'Académie elle-même avoit promis,
augmenta la confiance du Suppliant, qui ne pouvoit
croire que l'Académie fe fervît d'un moyen fi contraire
au droit des gens & au progrès des Sciences , fi elle
avoit trouvé des raifons contraires à fa Propofition, pour
la rendre fenfible , & lui donner l'éclat dont elle avoit
befoin. SA MAJESTÉ eut la bonté de la recevoir
au mois de Juin dernier , & d'ordonner à l'Académie,
après plufieurs refus formels , de l'examiner.

Le même efprit, qui avoit prévenu l'Académie, a employé trois Commités & deux Affemblées pour dicter
un Jugement uniquement à l'avantage de la contradiction, de l'erreur & du paradoxe : la lecture & la réfutation n'en laifferont aucun doute.

A ij

Extrait des Regiſtres de l'Académie Royale des Sciences du 20. Juillet 1757.

M. le Chevalier de Cauſans ayant obtenu un ordre du Roi pour que l'Académie examinât ſon nouvel Ecrit intitulé, *Démonſtration de la Quadrature du Cercle*, Nous, Commiſſaires nommés, allons rendre compte à la Compagnie de l'examen que nous en avons fait.

Articles de l'Extrait de l'Académie Royale des Sciences.	*Réponſe aux Articles de l'Extrait de l'Académie.*
ARTICLE I.	**ARTICLE I.**
M. le Chevalier de Cauſans commence par dire, que le vrai rapport du diamétre à la circonférence eſt de 8 à 25, ſans indiquer par quelle voie il y eſt arrivé.	Le Suppliant ignoroit que la Quadrature du Cercle dépendît d'indiquer par quelle voie il y eſt arrivé; & puiſqu'il faut le dire, c'eſt par des expériences, des réflexions, & une méthode inconnue à tous les Géométres.
II.	**II.**
Et il donne pour démonſtration de ſa prétendue découverte, l'égalité qu'il trouve entre différens produits qu'il forme par le diamétre & différentes portions de diamétre qu'il prend telles qu'il veut &	Le Suppliant ayant établi pour principe certain, par une nouvelle méthode, le rapport de 8 à 25 du diamétre à la circonférence d'un Cercle, il a décrit dans un Cercle de 8 pouces de diamétre un quarré de 5 pouces de côté, qu'il a démontré être la moitié de l'étendue du Cercle, parce qu'il eſt

où il veut, sans qu'il y entre aucune ligne comparée à la circonférence.

resté autant de parties d'un second diamétre qu'il en a employé du premier pour former le quarré de 25 pouces de surface, & à moins qu'on ne dispute que 25 n'est pas la moitié de 50, on ne sçauroit attaquer cette vérité. L'Académie se contredit donc manifestement, en disant que le Suppliant ne compare aucune ligne avec la circonférence, sa Proposition n'étant fondée que sur un diamétre de 8 & une circonférence de 25, comme l'Académie l'a dit dans l'Article premier.

III.

Comme il a pris les parties du diamétre, qu'il emploie absolument à son gré, il n'est pas étonnant qu'il soit parvenu à former des produits égaux, qu'il regarde comme la solution du Problême, & il conclut par la formule ordinaire ce qu'il falloit démontrer, avec autant de confiance que s'il avoit fait une démonstration.

III.

L'Académie avoue que le Suppliant a formé des produits égaux, sans rien dire contre sa proposition ; donc elle est bonne : il laisse à l'Académie la liberté de prendre telles parties qu'elle voudra, & où il lui plaira dans un Cercle quelconque, & si elle parvient jamais à former, comme lui, deux produits égaux, il passera condamnation.

IV.

Mais pour faire connoître combien ce rapport de 8 à 25 s'éloigne du vrai

IV.

Cet Article est important.
L'Académie propose pour un cercle de 7 pouces de diamétre,

rapport qu'on demande du diamétre à la circonférence, comparons-le aux limites que M. Nicole a données dans les Mémoires de 1747. comme la voie la plus courte & la plus commode, & pour cela ramenons-là au diamétre 7, 8, 25, 7, 21, $\frac{875}{1000}$ e. Ce quatriéme terme se trouve beaucoup moindre que la plus petite des limites de M. Nicole, qui est 21, neuf milliards, neuf cent onze millions, quatre cent quatre-vingt-cinq mille, sept cent cinquante-huit parties de dix milliards.

des limites entre 21 pouces & neuf milliards, neuf cent onze millions, quatre cent quatre-vingt-cinq mille, sept cent cinquante-huit parties de dix milliards, cette énorme fraction ne sçauroit convenir qu'à un Cercle de soixante & dix milliards de diamétre, & une circonférence à proportion, l'Académie ayant divisé l'entier en dix milliards de parties, & si on la prioit de réduire cette monstrueuse fraction rélativement à un Cercle de 7 de diamétre, on pourroit la défier de trouver jamais des termes pour exprimer les fractions de fractions qui en résulteroient; la conséquence est naturelle. Il semble que l'Académie ignore les limites d'un Cercle quelconque. Le Suppliant va l'indiquer très-exactement par son simple rapport de 8 à 25, qui donneroit 218 milliards, 750 millions de circonférence à un Cercle de 70 milliards de diamétre, & 21 pouces 7 huitiémes à un Cercle de 7 pouces de diamétre, ce que le Suppliant assure être invariable.

De sorte que l'Académie seroit en excès du véritable rapport pour la circonférence d'un Cercle de 70 milliards de diamétre, en supposant que ce fussent des pouces de cent

foixante - un millions, quatre
cent quatre-vingt-cinq mille,
fept cent cinquante-huit pouces ; & fi elle peut prouver par
des figures de Géométrie, des
nombres, ou un autre moyen
apparent quelconque, que le
rapport que le Suppliant propofe s'éloigne de la précifion
feulement de la cent-millioniéme partie d'une ligne de pouce,
il demande le Jugement le plus
humiliant.

Comparons préfentement les
cent foixante-un millions, quatre cent quatre-vingt-cinq mille,
fept cent cinquante-huit pouces, dont le Suppliant affûre
que l'Académié feroit en excès
pour un Cercle de foixante-dix
milliards de diamétre, avec
l'impoffibilité où elle eft de
prouver que le Suppliant eft en
excès ou en défaut pour un pa-
reil Cercle, feulement de la
cent-millioniéme partie d'une
ligne de pouce, & le fophifme
paroîtra à découvert.

L'Académie donne encore à
connoître, qu'elle n'auroit rien
oppofé à la Propofition du
Suppliant en 1746. puifqu'elle
n'a employé pour la combattre
que la chimérique fraction de
neuf milliards, neuf cent-onze
millions, quatre cent quatre-
vingt-cinq mille, fept cent cinquante-huit parties de dix milliards, découverte dans les ef-
paces imaginaires en 1747.

V.

Ainſi, bien loin que le rapport de M. le Chevalier de Cauſans ſoit le vrai rapport du diamétre à la circonférence, il n'en eſt pas même une approximation recevable, car il s'en écarte beaucoup plus que les rapports les moins exacts dont on ſe contente pour les uſages ordinaires.

VI.

Tel eſt le Jugement que nous portons ſur cet Ecrit, dans lequel on ne trouve ni conſtruction de Problême, ni aucun raiſonnement dont on puiſſe conclure la moindre choſe, non-ſeulement pour une Quadrature exacte, mais pas même pour une approximation.

VII.

Et nous terminons ce rapport en diſant, que M. le Chevalier de Cauſans n'a rien trouvé, ni rien

V.

Pour rejetter avec mépris le rapport que le Suppliant a propoſé, l'Académie déclare que ce n'eſt pas même une approximation recevable, & qu'il s'écarte beaucoup plus de la préciſion que les rapports les moins exacts, dont on ſe contente pour les uſages ordinaires.

Ce paradoxe n'eſt certainement point ordinaire ; car ſeroit-il raiſonnable de préférer pour la pratique les rapports les moins exacts, ſi on en connoiſſoit de meilleurs ? L'Académie décidera mieux cette queſtion, qu'elle n'a décidé celle dont il s'agit.

VI.

Tout ce verbiage ne peut former l'ombre d'un raiſonnement ſolide contre la démonſtration du Suppliant, qui ne peut être détruite que par une meilleure, ſur-tout l'Académie ayant dit que le rapport du Suppliant eſt un des moins approximés.

VII.

Pour donner le change ſur l'Ecrit du Suppliant du 16. Mai 1755. l'Académie en parle comme d'une autre Propoſition que celle dont il s'agit, c'étoit ce démontré dans ce nouvel Ecrit, non plus que dans celui fur lequel l'Académie a prononcé le 16. Mai 1755. *Signé* DELISLE & DE PARCIEUX.

Je certifie l'Extrait ci-deffus & de l'autre part conforme à l'original & au Jugement de l'Académie. A Paris, ce 22. Juillet 1757. *Signé* GRANDJEAN DE FOUCHY, *Secrétaire perpétuel de l'Académie Royale des Sciences.*

pendant là même que l'Académie condamna après une fimple lecture publique, ce qui a prouvé feulement qu'on peut nier une vérité de Géométrie, & qu'on ne fçauroit jamais la détruire.

Premiere Lettre du Chevalier de CAUSANS *à* M. *de* FOUCHY, *Secrétaire de l'Académie Royale des Sciences, du* 10. *Novembre* 1757.

MONSIEUR,

L'Académie n'a pas, fans doute, donné affez d'attention au rapport de Meffieurs les Commiffaires qu'elle m'a nommés, puifqu'il renferme contradiction, erreur & paradoxe manifeftes. J'ai fait, M. une Réponfe par Articles pour le prouver, & démontrer la vérité de ma Propofition fur la Quadrature du Cercle, par une progreffion continuë en même raifon & jufqu'à l'infini entre des quarrés & des cercles, ce que ne produiroit jamais tout autre rapport que celui que je propofe du diamétre à la circonférence. L'eftime particuliere que j'ai pour Meffieurs les Académiciens, & le défir de leur

B

plaire, m'obligent, M. de vous ouvrir mon cœur là-def-
fus. La gloire & la réputation de l'Académie y font in-
téreffées. Elle m'a condamné fans aucune raifon appa-
rente, en difant que ma Propofition n'eft pas même une
approximation recevable : fi cela eft, je vous prie inf-
tamment, M. d'obtenir qu'on en donne d'office la
moindre preuve auffi fimple que ma démonftration, &
alors je rendrai graces authentiques à l'Académie, en
avouant l'erreur ; mais fi, contre mon attente, elle per-
fiftoit à me croire bien jugé, en oppofant feulement une
fraction de neuf milliards, neuf cent onze millions,
quatre cent quatre-vingt-cinq mille, fept cent cinquante-
huit parties de dix milliards pour limites d'un Cercle de
fept de diamétre, j'aurai recours au Roi, dont la bonté
& la juftice accompagnent les actions. J'aurai l'honneur
de préfenter à Sa Majefté le rapport des Commiffii-
res, la réfutation, ma démonftration par une progreffion
géométrique continue jufqu'à l'infini, & le tout impri-
mé, découvriroit que la mauvaife volonté auroit pré-
valu dans la plus refpectable Académie, fur la plus im-
portante vérité de Géométrie, à laquelle on ne doit
pas réfufer de rendre témoignage, pour ou contre &
d'une façon évidente. J'agirai, M. rélativement à votre
Réponfe, j'efpére qu'elle fera conforme à l'exacte pro-
bité qui conduit l'Académie, qui verra en manufcrit, fi
elle juge à propos, une progreffion géométrique felon
mon rapport jufqu'à l'infini entre des cercles & des quarrés, & la réfutation très-claire des limites dont elle s'eft
fervie pour me condamner. Un quart-d'heure de temps
fuffira pour s'en convaincre fans aucune peine. Ayez la
bonté, M. de m'inftruire des fentimens de l'Académie
à mon égard, & d'être perfuadé que j'ai l'honneur d'ê-
tre, &c. *Signé*, le Chevalier de C A U S A N S.

Seconde Lettre au même, du 15. Novembre 1757.

Monsieur,

Je vous prie encore de ne laiſſer pas ignorer à l'Académie Royale des Sciences que ma Requête au Roi eſt toute prête, ſi elle refuſe de me convaincre, & le Public, par des raiſons ſimples & évidentes. Je déſire de tout mon cœur, M. d'éviter que les moyens, pour ma défenſe, paroiſſent aux yeux du Roi. Je ſerai forcé de dire des vérités que je voudrois pouvoir cacher au prix de mon ſang, puiſqu'elles découvriront un blâme irréparable contre des Juges que j'aime & reſpecte. Je me flatte, M. que j'aurai demain, au ſortir de l'Académie, une réponſe poſitive. J'ai l'honneur d'être, &c. *Signé*, le Chevalier de Causans.

Réponſe de M. de Fouchy aux deux précédentes Lettres.

Monsieur,

J'ai communiqué, ſuivant votre intention, à l'Académie les deux Lettres que vous m'avez fait l'honneur de m'écrire. Elle m'a chargé de vous marquer de ſa part qu'elle ne peut rien changer à ſon Jugement, & qu'elle avoit même déclaré qu'elle ne pouvoit plus ſe mêler de cette affaire. Les démonſtrations des approximations dont vous parlez ſont depuis longtems données au Public par M. Nicole, & imprimées dans les Mémoires de l'Académie. Au reſte, M. vous êtes parfaitement le maître d'agir comme vous le jugerez à propos, & l'Académie ſe croit fort en ſûreté ſur cet article. J'ai l'honneur d'être, &c. *Signé*, de Fouchy.

A l'Académie, ce 16. Novembre 1757.   B ij

SIRE , ce n'eſt qu'après avoir employé inutilement les procédés les plus honnêtes, que le Suppliant implore la juſtice de Votre Majeſté. Jamais queſtion n'a été plus digne de ſa bonté. La gloire de la vérité, & l'avantage des Nations y ſont également intéreſſés.

Le Suppliant ne parlera que brievement des avantages que procurera la Quadrature du Cercle. Quelque figure que puiſſe avoir le Globe terreſtre, on connoîtra exactement les longitudes par mer & par terre.

On aura la connoiſſance parfaite de la Trigonometrie pour tous les triangles rectilignes & myſtilignes.

L'Aſtronomie & la Géographie acquereront le dernier degré de perfection, de même que les Sciences, les Arts & les Mécaniques qui ont rapport à la Géométrie, & la ſimple Arithmétique ſuffira, ſans peine, pour les plus grandes opérations, ſans avoir beſoin des Tables de Sinus, de Logarithme, ni d'Algebre.

Le Suppliant donnera encore avec la même facilité le véritable rapport de la diagonale d'un quarré quelconque avec un des côtés, ce que toutes les Académies ont toujours regardé comme des incommenſurables abſolus.

Le dernier Certificat de l'Académie renferme bien évidemment contradiction, erreur & paradoxe. Elle s'eſt donc volontairement écartée de la vérité, ayant voulu l'envelopper pour en rendre la connoiſſance plus difficile. Elle a manqué au Public, ayant voulu le priver des avantages infinis que procurera la Quadrature du Cercle ; elle a manqué enfin eſſentiellement à ſon premier devoir, en refuſant d'examiner des Mémoires qui ont rapport aux Sciences.

AXIOME DE GEOMETRIE.

Les cercles ſont entr'eux comme les quarrés de leurs diamétres ; c'eſt-à-dire, qu'un cercle de diamétre dou-

ble d'un autre, à une surface quadruple, & un cercle dont
le diamétre est égal à la diagonale d'un quarré circonfcrit à un cercle, est double du cercle inscrit.

VERITE'S RECONNUES DE TOUS
LES GEOMETRES.

Un quarré quelconque dont un des côtés est égal à la
diagonale d'un autre quarré, contient une étendue double.

Pour connoître l'aire d'un cercle, il faut multiplier la
demie-circonférence par un de ses rayons, moitié du dia-
méttre , ou toute la circonférence par un demi-rayon,
quart du diamétre.

Diamétres de quatre Cercles en raison de surfaces quadruples.	*Côtés de quatre quarrés , en raison d'étendue quadruple.*
4. 8. 16. 32.	5. 10. 20. 40.
12 ½. 50. 200. 800.	25. 100. 400. 1600.

Valeurs des quatre Cercles sur les
rapports de 4 à 12 & ½, 8 à 25,
16 à 50, 32 à 100 des diamétres
aux circonférences des Cercles.

Valeurs des quatre
Quarrés.

SUR CES PRINCIPES VRAIS.

Progression Géométrique en raison sous double entre
les quatre cercles & les quatre quarrés ci-dessus.

$$4. \quad 5. \quad 8. \quad 10. \quad 16. \quad 20. \quad 32. \quad 40.$$

Puisque 4. est à 5. comme 8. à 10. 16. à 20. 32. à 40.
de sorte que les cercles qui auroient des diamétres égaux,
aux diagonales des quarrés circonscrits aux cercles. 4.
8. 16. 32. de diamétres , seroient de surfaces égales aux
quarrés 5. 10. 20. 40. de côtés ; & si on doubloit alter-
nativement les côtés des quarrés & les diamétres des
cercles sur cette progression jusqu'à l'infini , ils augmen-
teroient successivement & également en raison quadruple de surfaces.

DEMONSTRATION SIMPLE
DE LA QUADRATURE DU CERCLE.

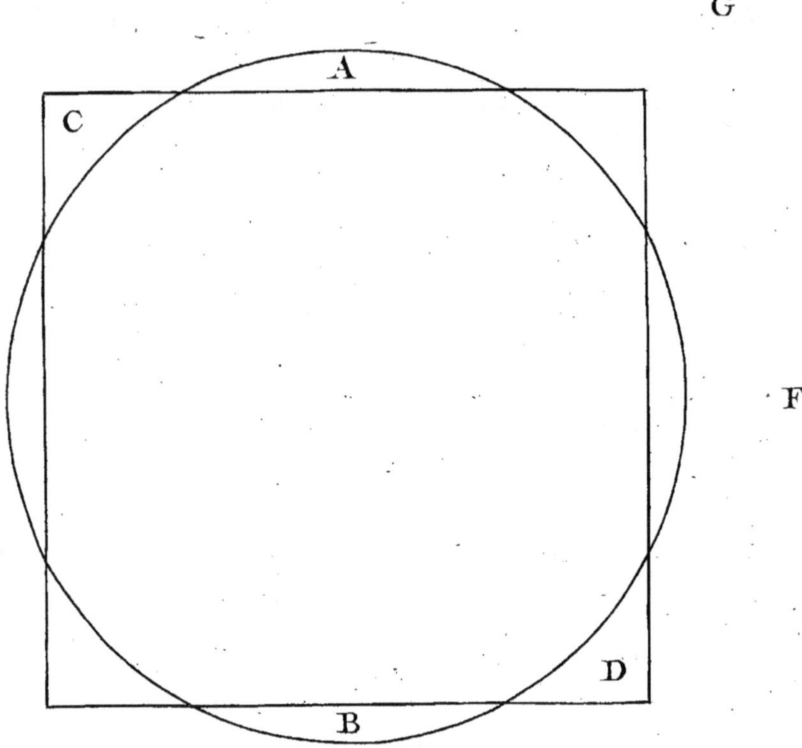

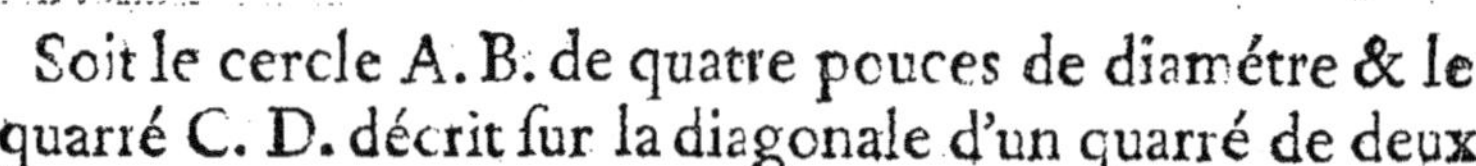

Soit le cercle A. B. de quatre pouces de diamétre & le
quarré C. D. décrit fur la diagonale d'un quarré de deux

pouces & demi de côté; le cercle A. B. & le quarré C. D. ont une furface égale , le cercle A. B. de quatre pouces de diamétre contenant une étendue de douze pouces & demi fur le rapport établi du diamétre à la circonférence , & le quarré C. D. étant décrit fur la diagonale d'un quarré de deux pouces & demi de côté, ce qui donne auffi douze pouces & demi de furface.

Soit encore le cercle E. F. dont le diamétre eft égal à la diagonale d'un quarré circonfcrit à un cercle de quatre pouces de diamétre , qui le rend double du cercle inf-crit, & lui donne par conféquent la valeur de vingt-cinq pouces égale au quarré G. H. de cinq pouces de côté, &c. ce qui eft parfaitement conforme à la progreffion géométrique ci-deffus.

A ces causes, SIRE, plaise a Votre Majeste' ordonner à l'Académie Royale des Sciences, d'examiner méthodiquement , & combattre , s'il y a lieu , les preuves fur la Quadrature du Cercle à elle ci-devant préfentées par le Suppliant , auxquelles elle n'a fait aucune attention , & qu'elle a induement condamnées par deux prétendues décifions des 16 Mai 1755. & 20 Juillet 1757. & après qu'elle aura fait l'examen requis par le Suppliant , ordonner qu'elle foit tenue d'en porter fon jugement , *lequel fera motivé & raifonné* , & le Suppliant ne ceffera de continuer fes vœux & prieres pour la fanté & confervation de Votre Majefté.

Signé , Le Chevalier de Causans.

Mᵉ MARS , Avocat.

A PARIS, De l'Imprimerie de GISSEY, rue de la vieille Bouclerie, à l'Arbre de Jeffé. Ce 9. Décembre 1757.